Lugones, Leopoldo, 1874-1938
    Leopoldo Lugones : selección / selección de poemas Carlos Nicolás Hernández ;
presentación Alfonso Carvajal ; investigación documental Sonia Nadhezda Truque. --
Dirección editorial Alberto Ramírez Santos. -- Santafé de Bogotá : Panamericana
Editorial, 1997.
    68 p. : il. ; 21 cm. -- (Cuadernillos de poesía)
    Incluye información sobre la vida y la obra del autor.
    ISBN 958-30-0384-0
    1. Poesía argentina I. Hernández, Carlos Nicolás, 1953-   comp.
II. Carvajal, Alfonso, 1958-   III. Ramírez Santos, Alberto, ed. IV. Truque, Sonia
Nadhezda V. Tit. VI. Serie.
A861.5 cd 15 ed.

                                    Biblioteca Luis Angel Arango-CEP.

Cuadernillos de Poesía

Leopoldo Lugones

Selección

Reconocimiento

Agradecemos de manera especial a la
Biblioteca Nacional de Colombia y a la
Casa de Poesía Silva, por la generosa
colaboración prestada para investigar en sus
valiosos documentos gráficos y bibliográficos.

Cuadernillos de Poesía

Leopoldo Lugones

Selección

PANAMERICANA
EDITORIAL

Editor
Panamericana Editorial Ltda.

Dirección editorial
Alberto Ramírez Santos

Edición
Ricardo Rendón López

Investigación documental
Sonia Nadhezda Truque

Concepción del proyecto y selección de poemas
Carlos Nicolás Hernández

Diagramación
Anacelia Blanco Suárez

Diseño de portada
Carlos Adolfo Molina Ibáñez

Primera edición, **Panamericana Editorial Ltda.**, abril de 1997

© 1997 Panamericana Editorial Ltda.
E-mail: panaedit@anditel.andinet.lat.net
Carrera 35 #14-67. Tels.: 2774613 - 2379927
Fax: (57 1) 2774991 - 2379880
Santafé de Bogotá, D. C., Colombia

ISBN de la colección: 958-30-0380-8
ISBN de este ejemplar: 958-30-0384-0

Impreso por Panamericana Formas e Impresos S. A.
Calle 65 #94-72 Tel. 4302110 - 4300355 Fax: (57 1) 2763008
Quien sólo actúa como impresor.

Impreso en Colombia   Printed in Colombia

CONTENIDO

PRESENTACIÓN

Borges conoció la complejidad de la obra de Lugones y la admiró. Sin embargo, su respeto literario y emocional no obnubiló su apreciación crítica del poeta de *Lunario sentimental*. Primero, resalta su genio esencialmente verbal: "No hay una página de su numerosa labor que no se pueda leer en voz alta, y que no haya sido escrita en voz alta". Luego, señala sus caprichos nacidos de la influencia del romanticismo, especialmente de Victor Hugo, y del simbolismo encarnado en Laforgue. Su poesía es tocada por el modernismo, que hacía furor en su época, y que nacía en América y se extendía a España.

Leopoldo Lugones es un hombre consagrado íntegramente a la literatura. Es innegable su rigor, su amor por las palabras, por el innumerable juego de ellas. Un escritor puede ser un obrero metódico de sus obsesiones: Lugones lo era. En su libro de ensayos *El payador*, escribe sobre los temas que lo apasionan y que van a decantarse en su poesía, como el gusto por el poema épico y el espíritu gaucho el cual reivindica la rebeldía y su paisaje de libertad: "El gaucho fue el héroe y el civilizador de la Pampa. En este mar de hierba, indivisa comarca de tribus bravías, la conquista española fracasó... solamente con la Pampa no pudo la conquista. Ni sus elementos nobles, el soldado y el misionero, ni su cizaña vagabunda, el gitano, lograron establecerse allá".

Borges hace la mejor definición de su carácter literario: "Para Lugones, el ejercicio literario fue siempre la honesta y aplicada ejecución de una tarea precisa, el riguroso cumplimiento de un deber que excluía los adjetivos triviales, las imágenes previsibles y la construcción azarosa. Las ventajas de esa conducta son evidentes; su peligro es que el sistemático rechazo de lugares comunes conduzca a meras irregularidades que pueden ser oscuras o ineficaces...".

Esta antología abarca momentos cruciales de su obra poética. Allí sondeamos las atmósferas predilectas del poeta, sus fragancias, sus suspiros, y los lienzos que pintan atardeceres grises con la elaborada luminosidad de su lenguaje. En "El solterón", observamos, sentimos, en su voz particular, las huellas frescas del romanticismo y del simbolismo: "Largas brumas violetas/ flotan sobre el cielo gris/ y allá en las dársenas quietas/ sueñan oscuras goletas/ con un lejano país". La muerte es una sombra de la vida y en un repentino verso expresa con asombro: "...¡qué cercana está la muerte/ del silencio del reloj".

La galantería romántica aparece también en "El solterón", en el que la caballerosidad es sinónimo de estética y valentía, y le procura un aire soñador e ingenuo al poema: "Y al dar a la niña inquieta/ la reconquistada flor/ en la persiana discreta,/ sintióse héroe y poeta/ por la gracia del amor".

Su origen provinciano rodea su calibrada inspiración. En "Emoción aldeana" surge el campo con esplendor y ternura, y el perfume de las boñigas se eleva entre praderas pálidas y cielos azules, y una aparición femenina le produce una nostalgia paradisiaca: "Y aquella joven con su traje blanco/ al borde de esa visionaria cuenca,/ daba al fugaz paisaje/ un aire de antigua ingenuidad flamenca". La mujer en Lugones es centro de su poesía, y más, a donde ella conduce. La naturaleza tiene la misma textura del deseo femenino, y se prolongan mutuamente en la inmensidad de la pampa.

Por su dramatismo y calidad artística, encontramos en *El libro fiel* (1912) uno de sus más hermosos poemas: "La blanca soledad". El tiempo, la noche y la soledad, confluyen en una vibrante melodía. El ritmo es pausado, pero ascendemos lentamente a alturas insospechadas, a sentimientos profundos que forman un imponente óleo nocturno y que develan el intenso recorrido espiritual del poeta. La noche, nos dice, "es el blando cuerpo del silencio"; es el espejo de la mujer porque "desata su cabellera,/ en prodigioso follaje de alamedas". Y el tiempo es el volumen de nuestro precario devenir; en un lado está el presente fugaz: "Nada vive sino en el ojo/ del reloj en la torre tétrica", y el pensamiento inútil del infinito "como un agujero abierto en la arena". El infinito humano está marcado en el minutero, pero en la noche descubrimos el absurdo de retenerlo, de alcanzarlo, y en una lúcida metáfora Lugones lo vislumbra, lo define: "El infinito/ rodado por las ruedas/ de los relojes/ como un carro que nunca llega". Las sombras viven como ideas, nos recuerda el poeta, y la nostalgia lo hace decir que el mundo es bello como "la antiguedad de la luna llena". En ese tránsito poético siente "el ansia tristísima de ser amado"; la soledad cava fosas en nuestra vida, y de la ausencia nace la mujer llenando de esperanza el dolor del poema: "¿Es una ciudad o un buque / en el que fuésemos abandonando la tierra,/ y sólo permanece en la noche aciaga/ la certidumbre de tu ausencia".

Leopoldo Lugones nace en Villa María, aldea de la provincia de Córdoba, en 1874, y el 18 de febrero de 1938 se suicida en el recreo "El tropezón del tigre". El poeta argentino escribió cuentos, ensayos, prosa política y versos. Nunca olvidó a sus paisanos los gauchos, al tango, a sus costumbres. En el poemario póstumo *Romances del río seco*, hallamos este tributo, esta admiración que siente suya y canta: "Era ese Serapio Suárez/ mozo de buena opinión:/ largucho y tirando a rubio,/ guitarrero y chacotón". No es extraño que Borges haya tomado de Lugones el amor a la curiosidad por las cosas espirituales más típicas de su tierra, más auténticas del ser argentino.

Alfonso Carvajal

Los crepúsculos del jardín
(1905)

EL SOLTERÓN

I

Largas brumas violetas
flotan sobre el cielo gris
y allá en las dársenas quietas
sueñan oscuras goletas
con un lejano país.

El arrabal solitario
tiene la noche a sus pies,
y tiembla su campanario
en el vapor visionario
de ese paisaje holandés.

El crepúsculo perplejo
entra a una alcoba glacial
en cuyo empañado espejo
con soslayado reflejo
turba el agua del cristal.

El lecho blanco se hiela
junto al siniestro baúl,
y en su herrumbada tachuela
envejece una acuarela
cuadrada de felpa azul.

En la percha del testero,
el crucificado frac
exhala una fenol severo
y sobre el vasto tintero
piensa un busto de Balzac.

La brisa de las campañas
en su aliento de clavel
agita las telarañas
que son inmensas pestañas
del desusado cancel.

Allá por las nubes rosas
las golondrinas, en pos
de invisibles mariposas
trazan letras misteriosas
como escribiendo un adiós.

En la alcoba solitaria
sobre un raído sofá
de cretona centenaria,
junto a su estufa precaria
meditando un hombre está.

Tendido en postura inerte
masca su pipa de boj,
y en aquella calma advierte
¡qué cercana está la muerte
del silencio del reloj!

En su garganta reseca
gruñe una biliosa hez,
y bajo su frente hueca

la verdinegra jaqueca
maniobra un largo ajedrez.

¡Ni un gorjeo de alegrías!
¡ni un clamor de tempestad!
¡Como en las cuevas sombrías,
en el fondo de sus días
bosteza la soledad!

Y con vértigos extraños,
en su confusa visión
de insípidos desengaños,
ve llegar los grandes años
con sus cargas de algodón.

II

A inverosímil distancia
se acongoja un violín,
resucitando en la estancia
como una ancestral fragancia
del humo de aquel esplín.

Y el hombre piensa. Su vista
recuerda las rosas té
de un sombrero de modista...
El pañuelo de batista...
las peinetas... el corsé...

Y el duelo en la playa sola:
Uno... dos... tres... Y el licuir

de la montada pistola...
y el son grave de la ola
convidando a bien morir.

Y al dar a la niña inquieta
la reconquistada flor
en la persiana discreta,
sintióse héroe y poeta
por la gracia del amor.

Epitalamios de flores
la dicha escribió a sus pies,
y las tardes de colores
supieron de esos amores
celestiales... Y después...

Ahora una vaga espina
le punza en el corazón,
si su coqueta vecina
saca la breve botina
por los hierros del balcón;

Y si con voz pura y tersa
la niña del arrabal
en su malicia perversa
temas picantes conversa
con el canario jovial;

Surge aquel triste percance
de tragedia baladí:
La novia... la flor... el lance
veinte años cuenta el romance:
Turguenev tiene uno así.

¡Cuán triste era su mirada,
cuán luminosa su fe
y cuán leve su pisada!
¿Por qué la dejó olvidada?
¡Si ya no sabe por qué!

III

En el desolado río
se agrisa el tono punzó
del crepúsculo sombrío,
como un imperial hastío
sobre un otoño de gró.

Y el hombre medita. Es ella
la visión triste que en un
remoto nimbo descuella;
es una ajada doncella
que le está aguardando aún.

Vago pavor le amilana,
y a escribirle por fin
desde su informe nirvana...
La carta saldrá mañana
y en la carta irá un jazmín.

La pluma en sus dedos juega;
ya el pliego tiene el doblez;
y su alma en lo azul navega,
a los veinte años de brega
va a decir "tuyo"otra vez.

No será trunca ni ambigua
su confidencia de amor
sobre la vitela exigua.
¡Si esa carta es muy antigua!...
Ya está turbio el borrador.

Tendrá su deleite loco
blancas sedas de amistad
para esconder su ígneo foco,
la gente reirá un poco
de esos novios de otra edad.

Ella, la anciana, en su leve
candor de virgen senil,
será un alabastro breve,
su aristocracia de nieve
nevará un tardío abril.

Sus canas, en paz suprema
a la alcoba sororal
darán olor de alhucema,
y estará en la suave yema
del fino dedo el dedal.

Cuchicheará al ras del suelo
su enagua un vago fru-fru.
¡Y con qué amable consuelo
acogerá el terciopelo
su elegancia de bambú!...

Así está el hombre soñando
en el aposento aquél,

y su sueño es dulce y blando;
mas la noche va llegando
y aún está blanco el papel.

Sobre su visión de aurora,
un tenebroso crespón
los contornos descolora,
pues la noche vencedora
se le ha entrado al corazón.

Y como enturbiada espuma
una idea triste va
emergiendo de su bruma:
¡Qué mohosa está la pluma!
¡La pluma no escribe ya!

EMOCIÓN ALDEANA

Nunca gocé ternura más extraña
que una tarde entre las manos prolijas
del barbero de campaña
furtivo carbonario que tenía dos hijas.
Yo venía de la montaña
en mi claudicante jardinera
con timidez urbana y ebrio de primavera.

Aristas de mis parvas,
tupían la fortaleza silvestre
de mi semestre
de barbas.
Recliné la cabeza
sobre la fatigada almohadilla,
con una plenitud sencilla
de docilidad y de limpieza;
y en ademán cristiano presenté la mejilla...

El desconchado espejo
protegido por marchitos tules,
absorbiendo el paisaje en su reflejo,
era un óleo enorme de sol bermejo,
praderas pálidas y cielos azules.
Y ante el mórbido gozo
de la tarde vibrada en pastorelas,

flameaba como un soberbio trozo
que glorificara un orgullo de escuelas.

La brocha, en tanto,
nevaba su sedosa espuma
con el encanto
de una caricia de pluma.
De algún redil cabrío que en tibiezas amigas,
aprontaba al rebaño su familiar sosiego,
exhalaban un perfume labriego
de polen almizclado las boñigas.
Con sonora mordedura
raía mi fértil mejilla la navaja,
mientras sonriendo anécdotas en voz baja,
el liberal barbero me hablaba mal del cura.
A la plática ajeno,
preguntábale yo, superior y sereno
(bien que con cierta inquietud de celibato)
por sus dos hijas, Filiberta y Antonia;
cuando de pronto deleitó mi olfato
una ráfaga de agua de colonia.

Era la primogénita, doncella preclara,
chisporroteada en pecas bajo rulos de cobre,
mas en ese momento con presteza avara
rociábame el maestro su vinagre a la cara,
en insípido aroma de pradera pobre.

Harto esponjada en sus percales,
la joven apareció un tanto incierta,
a pesar de las lisonjas locales,
por la puerta,

asomaron racimos de glicinas,
y llegó de la huerta
un maternal escándalo de gallinas.

Cuando, con fútil prisa,
hacia la bella volví mi faz más grata,
su púdico saludo respondió a mi sonrisa.
Y ante el sufragio de mi amor pirata,
y la flamante lozanía de mis carrillos,
vi abrirse enormemente sus ojos de gata,
fritos en rubor como dos huevecillos.

Sobre el espejo, la tarde lila
improvisaba un lánguido miraje,
en un ligero vértigo de agua tranquila.
Y aquella joven con su blanco traje
al borde de esa visionaria cuenca,
daba al fugaz paisaje
un aire de antigua ingenuidad flamenca.

LUNARIO SENTIMENTAL
(1909)

LA ÚLTIMA CARETA

La miseria se ríe. Con sórdida chuleta
su perro lazarillo le regala un festín.
En sus funambulescos calzones, va un poeta,
y en su casaca el huérfano que tiene por Delfín.

El hambre es su pandero, la luna su peseta
y el tango vagabundo su padrenuestro. Crin
de león, la corona. Su baldada escopeta
de lansquenete impávido suda un fogoso hollín.

Va en dominó de harapos, zumba su copla irónica,
por antifaz le presta su lienzo la Verónica.
Su cuerpo de llagado, parece un huerto en flor.

Y bajo la ignominia de tan siniestra máscara
Cristo enseña a la noche su formidable máscara
de cabellos terribles, de sangre y de pavor.

A LOS GANADOS Y LAS MIESES

(Fragmentos)

Un verde matinal lustra los campos,
donde el otoño en languidez dichosa
con dorado de soles que se atardan
va dilatando madureces blondas.
A través de la pampa, un río, turbio
de fertilidad, rueda silenciosa
su agua, que tiene por modesta fuente
la urna de tierra de la tribu autóctona.
Negrea un monte en la extensión, macizo
como un casco de buque cuya proa
entra en el agua azul del horizonte,
avanzando a lo inmenso de la zona,
la civilización del árbol, junta
en la fresca bandera de su sombra.
Tiende el cerco su párrafo de alambre
sobre el verdor de las praderas solas,
que en divergentes líneas de dibujo
allá a lo lejos insinúan lomas.
Y mientras desde la invisible estancia
algún gallo los campos alboroza,
aventando su ráfaga de hierro
el recio tren las extensiones corta.

Entonces, en el fondo del paisaje,
retozado por yeguas que se azoran,

y que desordenando su carrera,
con fiero empaque las cabezas tornan,
como si el viento paralelo fuese
rienda suelta en sus bocas,
con su franco testuz un toro inmóvil,
la mañana magnífica enarbola.

∞

Alcemos cantos en loor del trigo
que la pampeana inmensidad desborda,
en mar feliz donde se cansa el viento
sin haber visto límite a sus ondas.
Simbolizando las alianzas nobles
en las doradas tribus que escalona,
sobre el color indiano de las eras
florece un juvenil rubio de Europa.
Fuerte aldeano que tie ne una hija blanca
y un hijo blanco como en las historias,
dice del almidón y de la harina
en que el hogar cimienta sus concordias.
Como una rubia desnudez de niño
rueda la masa echando un tibio aroma
que a aquella simple industria da el encanto
de una maternidad blanda y recóndita.
En la fiel solidez del pan seguro
la vida es bella y la amistad sonora.
Suave corre la vida en las cordiales
tierras del pan, como una lenta sombra.

∞

En las cañadas de mi sierra verde
sube tanto el maizal cuando se logra,

que con caballo y todo nos perdíamos
en las chacras sonoras,
buscando las espigas que manchaba
una coloración morada o roja.
Que es antojo, decíannos las viejas,
de cuando está preñada la mazorca.
Llámanlas *misas* y el que listo puede
pasarlas al descuido a una persona
tiene el derecho de *misarle* entonces
un mandato, un secreto o una cosa;
desde su fiel rebenque a los arrieros,
hasta su beso esquivo a las morochas,
que se duplica luego, argumentando
porque fue en la mejilla y no en la boca,
tras de la casa donde tales deudas
con urgente estrechez el labio cobra.

∞

Alabemos al lino que florece
y cuyas flores son como pastoras
de sencillo celeste endomingadas
al borde de las sendas polvorosas.
En colores de lago reunidas
acá y allá, dijérase que imploran
por el campo feraz que mira al cielo
con el pálido azul de sus corolas.
Fortalece en los tallos la hebra fina
que a falta de batán se va de sobra,
batida por la llanta en los caminos
al retozo del viento en negras borlas.
Y al azar de los fieles elementos
concentra el grano en plenitud oleosa,

el aceite cuyo oro es luz dormida
que en pinceles y lámparas remonta.

∞

Celebremos los claros palomares
que embanderan de blanco las palomas,
y el conejo pueril en cuyo hocico
pulula la esquivez como una mosca.
Y que bajo un repollo acurrucado,
en el fondo sombrío de las hojas
funda una linda capillita blanca.
Y la colmena que en labor metódica
es el encanto de los bellos días,
en que el campo llovido se emociona
y encomienda a las alas de la abeja
la quinta en flor el polen que desborda.

Como era fiesta el día de la patria
y en mi sierra se nublan casi todas
las mañanas de mayo, el veinticinco
nuestra madre salía a buena hora
de paseo campestre con nosotros,
a buscar por las breñas más recónditas
el panal montaraz que ya cuajaba
su miel de otoño en madurez preciosa.
Embellecía un rubio aseado y grave
sus pacíficas trenzas de señora.
Seguíanla el péon y la muchacha.
Y adelante, en pandilla juguetona,
corríamos nosotros con el perro
que describía en arco pistas locas.

Con certeza cabal decía el hombre,
—*Aquí está el camuatí, misia Custodia,*
que así su nombre maternal y pío
como atributo natural la adorna.
Aunque aquí vaya junto con la patria
toda luz, es seguro que no estorba.
Adelgazada por penosos años
como el cristal casi no tiene sombra.
Después, se nos ha puesto muy anciana,
y si muere, sería triste cosa
que no la hubiese honrado como debe
su hijo mayor por vanidad retórica.

∞

Así en profunda intimidad de infancia,
el día de la patria en mi memoria,
vive a aquella dulzura incorporado
como el perfume a la hez de la redoma.
¡Feliz quien como yo ha bebido patria
en la miel de su selva y de su roca!

LA BLANCA SOLEDAD

Bajo la calma del sueño
calma lunar de luminosa seda,
la noche
como si fuera
el blando cuerpo del silencio,
dulcemente en la inmensidad se acuesta...
Y desata
su cabellera,
en prodigioso follaje
de alamedas.

Nada vive sino el ojo
del reloj en la torre tétrica,
profundizando inútilmente el infinito
como un agujero abierto en la arena.
El infinito,
rodado por las ruedas
de los relojes
como un carro que nunca llega.

La luna cava un blanco abismo
de quietud, en cuya cuenca
las cosas son cadáveres
y las sombras viven como ideas.
Y uno se pasma de lo próxima
que está la muerte en la blancura aquélla.

De lo bello que es el mundo
poseído por la antigüedad de la luna llena.
Y el ansia tristísima de ser amado,
en el corazón doloroso tiembla.

Hay una ciudad en el aire,
una ciudad casi invisible suspensa,
cuyos vagos perfiles
sobre la clara noche transparentan.
Como las rayas de agua en un pliego,
su cristalización poliédrica.
Una ciudad tan lejana
que angustia con su absurda presencia.

¿Es una ciudad o un buque
en el que fuésemos abandonando la tierra,
callados y felices,
y con tal pureza,
que sólo nuestras almas
en la blancura plenilunar vivieran...?

Y de pronto cruza un vago
estremecimiento por la luz serena.
Las líneas se desvanecen,
la inmensidad cámbiase en blanca piedra,
y sólo permanece en la noche aciaga
la certidumbre de tu ausencia.

EL CANTO DE LA ANGUSTIA

Yo andaba solo y callado
porque tú te hallabas lejos;
y aquella noche
te estaba escribiendo,
cuando por la casa desolada
arrastró el horror su trapo siniestro.
Brotó la idea ciertamente,
de los sombríos objetos:
el piano,
el tintero,
la borra de café en la taza.
Y mi traje negro.

Sutil como las alas del perfume
vino tu recuerdo.
Tus ojos de joven cordial y triste,
tus cabellos,
como un largo y suave pájaro
de silencio
(Los cabellos que resisten a la muerte
con la vida de la seda, en tanto misterio).
Tu boca
donde suspira
la sombra interior habitada por los sueños.
La garganta,
donde veo

palpitar como un sollozo de sangre
la lenta vida en que te mece durmiendo.

Un vientecillo desolado,
más que soplar, tiritaba en soplo ligero.
Y entre tanto,
el silencio,
como una blanda y suspirante lluvia
caía lento.

Caía de la inmensidad,
inmemorial y eterno.
Adivínase afuera
un cielo,
peor que obscuro;
un angustioso cielo ceniciento.
Y de pronto, desde la puerta cerrada
me dio en la nuca un soplo trémulo.
Y conocí que era la cosa mala
de las casas solas y miré el blanco techo.
diciéndome: "Es una absurda
superstición, un ridículo miedo".
Y miré la pared impávida,
y noté que afuera había parado el viento.

¡Oh aquel desamparo exterior y enorme
del silencio!
Aquel egoísmo de puertas cerradas
que sentía en todo el pueblo.
Solamente no me atrevía
a mirar hacia atrás, aunque estaba cierto
de que no había nadie; pero nunca

¡oh, nunca, habría mirado de miedo!
Del miedo horroroso
de quedarme muerto.
Poco a poco, en vegetante
pululación de escalofrío eléctrico,
erizáronse en mi cabeza
los cabellos,
uno a uno los sentía,
y aquella vida extraña era otro tormento.

Y contemplaba mis manos
sobre la mesa, qué extraordinarios miembros;
mis manos tan pálidas,
manos de muerto.
Y noté que no sentía
mi corazón desde hacía mucho tiempo.
Y sentí que te perdía para siempre,
con la horrible certidumbre de estar despierto.
Y grité tu nombre
con un grito interno,
con una voz extraña
que no era la mía y que estaba muy lejos.
Y entonces en aquel grito
sentí que mi corazón muy adentro,
como un racimo de lágrimas,
se deshacía en un llanto benéfico.
Y que era un dolor de tu ausencia
lo que había soñado despierto.

HISTORIA DE MI MUERTE

Soñé la muerte y era muy sencillo:
una hebra de seda me envolvía,
y a cada beso tuyo,
con una vuelta menos me ceñía.
Y cada beso tuyo
era un día;
y el tiempo que mediaba entre dos besos
una noche. La muerte es muy sencilla.
Y poco a poco fue desenvolviéndose
la hebra fatal. Ya no la retenía
sino por sólo un cabo entre los dedos...
Cuando de pronto te pusiste fría.
Y ya no me besaste...
Y solté el cabo, y se me fue la vida.

Libro de los paisajes
(1917)

SALMO PLUVIAL

Tormenta

Érase una caverna de agua sombría el cielo;
el trueno, a la distancia, rodaba su peñón;
y una remota brisa de conturbado vuelo
se acidulaba en tenue frescura de limón.

Como caliente polen exhaló el campo seco
un relente de trébol lo que empezó a llover.
Bajo la lenta sombra colgada en denso fleco
se vio al cardal con vívidos azules florecer.

Una fulmínea verga rompió el aire al soslayo;
sobre la tierra atónita cruzó un pavor mortal,
y el firmamento entero se derrumbó en un rayo,
como un inmenso techo de hierro y de cristal.

Lluvia

Y un mimbreral vibrante fue el chubasco resuelto
que plantaba sus líquidas varillas al trasluz,
o en pajonales de agua se espesaba revuelto,
descerrajando al paso su pródigo arcabuz.

Saltó la alegre lluvia por taludes y cauces;
descolgó del tejado sonoro caracol;
y luego, allá a lo lejos, se desnudó en los sauces,
transparente y dorada bajo un rayo de sol.

Calma

Delicia de los árboles que abrevó el aguacero,
delicia de los gárrulos raudales en desliz.
Cristalina delicia del trino del jilguero.
Delicia serenísima de la tarde feliz.

Plenitud

El cerro azul estaba fragante de romero,
y en los profundos campos silbaba la perdiz.

EL NIDO AUSENTE

Sólo ha quedado en la rama
un poco de paja mustia,
y en la arboleda la angustia
de un pájaro fiel que llama.

Cielo arriba y senda abajo,
no halla tregua a su dolor,
y se para en cada gajo
preguntando por su amor.

Ya remonta con su vuelo
ya pía por el camino
donde deja en el espino
su blanda lana la oveja.

Pobre pájaro afligido
que sólo sabe cantar
y cantando llora el nido
que ya nunca ha de encontrar.

EL DORADOR

(Fragmentos)

Lector, si bien amaste, y con tu poco
de poeta y de loco descubriste
la razón que hay para volverse loco
de amor, y la nobleza de lo triste;

Si has aprendido, así, a leer la estrella
en los ojos ideales de la Esposa,
y alcanzaste a saber por qué es más bella
la soledad de la tardía rosa;

Si una mañana el cielo a tu ventana
la mariposa azul enviarte quiso;
si has mordido hasta el fondo tu manzana
contento de arriesgar el paraíso;

Si a un soplo de coraje o de victoria,
sentiste dilatarse en tu quimera
el estremecimiento de la gloria,
como el viento sonoro en la bandera;

Si en la conformidad de tu pan bueno,
y en la franqueza de la sal que gusta
tu sencillez cordial, te inunda el seno
un alborozo de salud robusta;

∞

Si amas la vida y sabes merecerla,
hasta hermosear tu propia desventura,
tal así como afina el mar la perla
que engendró en la inquietud y en la amargura;

Si vas perfeccionándola sincero,
sin preocuparte del postrer fracaso,
cual no arredra al artístico alfarero
saber que un día ha de romperse el vaso;

Si va alcanzando tu sabiduría
la paz final tu espíritu seguro,
como anuncia el cercano mediodía
la sombra que se acorta al pie del muro;

Si para aminorar la ajena angustia
inclinarte sabrás hacia el olvido
con la docilidad de la hoja mustia...
Si has admirado y si has aborrecido;

∞

Como sólo al arder rinde el incienso
su plenitud de aroma, vive y ama,
para que en onda de perfume inmenso
te alce al azul la valerosa llama.

Gloria en que todavía será prenda
de fino amor la cándida ceniza,
que a la fragante brasa de tu ofrenda
con apagadas canas tranquiliza.

Dulce es ver la llegada del invierno
que acerca un desenlace sin congojas
en la pureza del azul eterno
y el dorado silencio de las hojas.

Silencio que recóndito y dorado
con tu recuerdo llorará después,
la poesía del nido abandonado
en el noble misterio del ciprés.

Feliz con haber sido cuerdo y loco,
sonríe a tus quimeras seductoras,
y en tu huerto invernal reserva un poco
de lento sol para dorar tus horas.

Romancero
(1924)

PRELUDIO

"Cuando oigo sonar las cuerdas
me dan ganas de llorar",
dicen los versos sencillos
de la copla popular.
Qué bien cantan mis pesares
con su tristeza cordial,
qué hondo me llegan al alma
con su sincera humildad.

Canta guitarra doliente,
tu copla sentimental,
que con su blanda dulzura
sabrá el rigor aliviar,
de aquella que no se cansa
de tiranizarme más,
aunque me ve tan enfermo
del mal que me ha de matar.

Yo también cuando la veo
tan insensible a mi mal,
como al son de tus bordonas
tengo ganas de llorar.
Qué quieren que haga de mí,
qué esperanza puedo dar,
cuando sólo sé morirme
de esta pena y de este afán.

Canta guitarra doliente
publica mi ceguedad;
secreto de mis amores
no hay por qué guardarlo ya.
Canta, que si el llanto un día
te llegara a destemplar,
con mi corazón herido
sabré ponerte a compás.

Y mi propia desventura
sangrando te cortará,
en el hilo de mi vidá
las cuerdas que hacen llorar.

LA SELVA TRISTE

Y se le ve la claridad del llanto
tras las pestañas del follaje. Azora
su insegura quietud un leve espanto.

Y en una soledad desgarradora,
advierte el alma errante que no es ella
la que padece más, sino la estrella
que junto a un sauce se despide y llora.

POEMAS SOLARIEGOS
(1927)

DEDICATORIA A LOS ANTEPASADOS
(1500 -1900)

A Bartolomé Sandoval,
Conquistador del Perú y de la tierra
del Tucumán, donde fue general,
y del Paraguay, donde como tal,
a manos de indios de guerra
perdió vida y hacienda en servicio real.

Al maestre de campo Francisco de Lugones,
quien combatió en los reinos del Perú y luego aquí,
donde junto con tantos bien probados varones,
consumaron la empresa del Valle Calchaquí.
Y después que hubo enviudado,
se redujo a la iglesia, tomando en ella estado,
y con merecimiento digno de la otra foja
murió a los muchos años vicario en La Rioja.

A don Juan de Lugones el encomendero,
que, hijo y nieto de ambos, fue quien sacó primero
a mencionar probanzas, datas y calidades
de tan buenos servicios a las dos majestades;
conque del rey obtuvo, más por carga que en pago,
doble encomienda de indios en Salta y en Santiago.

Al coronel don Lorenzo Lugones,
que en el primer ejército de la Patria salió,

cadete de quince años, a libertar naciones,
y después de haber hecho la guerra, la escribió.
Y como buen soldado de aquella heroica edad,
falleció en la pobreza pero con dignidad.
Que nuestra tierra quiera salvarnos del olvido,
por estos cuatro siglos que en ellas hemos servido.

EL CANTO

(1ª estrofa)

En la Villa del Río Seco,
al pie del Cerro del Romero nací,
y esto es todo cuanto diré de mí,
porque no soy más que un eco
del canto natal que traigo aquí.

∞

ESTAMPAS PORTEÑAS

El cielo, como una honda cuba de añil salobre
exalta en electrólisis de sulfato de cobre,
la grande estrella verde Ocaso del estío.

Al fondo, la modorra leonina del río,
destrenza la guedeja de hollín de un barco en lastre
que a media ración de hulla, con nostálgico arrastre,
arrumba hacia la mole de la ciudad, que en lo alto
dentella una cornisa de lóbrego basalto,
fundido con la sombra volcánica que avanza
bajo un febril ronquido de afán y de pujanza,
como rodada en ráfago de pavoroso hierro.

∞

Con dilución de lánguido hidromel, en la misma
goma de aguada, el cielo del Poniente se abisma,
jaqueado por un rascacielos cuyo ancho bloque,
sobre el tablero urbano da mate con el roque,
y le chanta el seráfico lucero de adefesio,
prendiéndose una pipa con su ascua de magnesio.
Claro es que, carburando sus 60 HP.
el "auto" del gerente, puntual aguarda al pie,
para la sedativa carrera hasta el magnífico
chalet que en Pampa o Crámer engendró el
                                            frigorífico.

(Qué gloria ser del mismo barrio del Presidente
–un Alvear auténtico– ¿verdad, señor gerente?)

∞

En Callao y Corrientes la noche ultramoderna
que entre muslo y sandalia luce toda la pierna,
y emancipa una andrógina melena a la gomina,
como una dactilógrafa que su copia termina,
pica la última estrella sobre su hoja carbónica.
Insolente en sus labios de ambigüedad sardónica
el dominante *rouge* del letrero escarlata
que con guiño funámbulo su pregón desfachata;
y en el azul catódico que escala el otro muro
se saca ojeras trágicas de pasquín el cianuro.

∞

Buscando una terraza cuyo frescor domine
turba y bochorno, tras la "Sección Vermut" del cine,
al resquemor del *cocktail* cristalizado en hielo,
se prepara a engullirse río, ciudad y cielo,
a fin de que su cena no le entristezcan mucho
los lamentos del tango degollado a serrucho,
alternándole estrépitos de zambra cachafaz
salta el corcho del brindis en estornudo *jazz*.

∞

EL COLLA

El colla solía llegar una mañana,
diligente, pequeño y macizo,
con su ponchito café, su alforja grana
y su sombrero cenizo.
Era cosa de ver
en su sandalia rústica su pie de mujer
que aquellas marchas tan grandes
había podido hacer;
pues venía del fondo de los Andes
de las tierras del Inca que decían estar
a no menos de un largo mes de mula de andar.
Vacilaba en su rostro lampiño
una esquivez sumisa de viejo y de niño,
mas su vigor enjuto, bajo el tosco picote,
forjaba una cobriza solidez de lingote.
Y cuando se quedaba mirando de hito en hito
con sus ojillos negros de insondable fijeza,
adquiría la desolada firmeza
de un aislamiento de monolito.

Iba vendiendo medicinas y magias
como ser polvos de asta de ciervo y de bezoar
cebadilla de estornudar
y agallas contra las hemorragias.
Jaborandi, quina y estoraque;
Illas, que eran cabritas y llamitas de cobre,

47

que traían suerte para salir de pobre
y librar los rebaños de todo ataque.
Habillas de rojo encendido
que, de a dos, quitan la hora, pero de a tres, la dan
y sortijas de piedra imán
contra los celos y el olvido.

Mientras sus cosas vendía,
cerrando la alforja con precaución avara
cada vez que sacaba una mercancía,
como si temiese que algo se le volara;
más de un curioso detrás de él se ponía,
para ver si bajo el sombrero
llevaba siempre la trenza
que tal vez ocultaba por vergüenza
del comentario chocarrero.
Entonces advertíase la destreza prudente
con que, sin descuidar jamás
al que con él trataba de frente,
podía mirar para atrás
como el guanaco, naturalmente.
Pero si nadie osaba con él burla o desprecio,
era porque sabía la palabra que evoca
a la hormiga y a la isoca
con que la chacra habíale plagado a más de un necio.

Hecha su venta al por menor,
sentábase en una orilla
del atrio de la capilla
donde nunca dejaba de rezar con fervor.
Y allá por largas horas, con lentitud de oruga,
mascullaba su coca, soñoliento

e indiferente al frío, al sol y al viento
que apenas fruncía sus ojos de tortuga.
Cambiaba en quichua un saludo
con algún santiagueño de su relación
y después partía de la población
diligente, macizo y menudo.
A dónde sabría ir, que hubo menciones
de que una vez un mozo de Sumampa,
fue a sacarlo por la estampa
en el Carmen de Patagones.
Y como nunca lo vimos de regreso,
el mismo correveidile
aseguró que volvía por Chile
poniendo sus tres años en todo eso.

Así se iba por la campiña abierta
a correr las tierras del mundo,
hasta que el horizonte profundo
cerrábase tras él como una puerta.
Y siempre se nos quedó trunca
la curiosidad de saber de qué modo
aquella alforja, nunca llena del todo
tampoco se acabara nunca.

EL ARPISTA

(Fragmentos)

El arpista era Ildefonso,
moreno crespo y jovial,
que tocaba con empeño igual
una chacarera o un responso.
Pues lo mismo oficiaba con el cura,
que hacía buena figura
en la tertulia más arriesgada,
donde no pocas veces salió de la aventura
con el arpa baleada.

Famoso por el aguante,
había llegado, en más de un velorio
a pasarse tres días y tres noches de holgorio
sin pegar los ojos y el arpa por delante.
Pues bebiendo con moderación
el licor le aclaraba la garganta y el seso,
salvo el vino de año que suele ser travieso
y el anís que es tan dormilón.
Bien haya la voz del cristiano,
que no faltaba jamás
en latín ni en castellano,
pues, para los oficios, sabíase de plano
las fórmulas litúrgicas, además del compás.
Sólo que, cuando a veces, dejaba la parranda

con tal cual misa urgente de promesa o de manda
confundía el servicio, mal dormido quizás.
Para florear los kiries con música de gato...
Y allá el furor del cura con aquel mulato,
verdadero carbón de Satanás.

∞

¡Ese Ildefonso viejo con su arma siempre lista,
sus dedos incansables y su empeño de artista!
Decían que era capaz
de hacer bailar un mortero;
y que a su envite eficaz
ni las viejas pinchaban pues se volvía audaz
el más tímido mosquetero.
Y de veras que parecía
que hasta las puertas iban a bailar en las jambas.

Cuando su melodía
mandaba las Firmezas o hamacaba las Zambas,
tan llenas de gentil melancolía.
¡Ah gracia de Los Aires, a cuyo sortilegio
un ala de calandria vibraba en el arpegio!
¡Ah mudanzas cruzadas con espuelas de plata
en los garbos del Triunfo que el ímpetu arrebata!
¿Y qué me cuenta usted del Escondido,
cuando, mientras preludian, va el mozo rendido
a tomar tierra ante el pie de la niña
que melindrosa aliña
su coqueta esquivez
para que más enjuta salte la castañeta
a repicar la danza que ingenua y pizpireta
se niega y se abandona cantándolo a la vez?

"Salí lucero, salí
salí que te quiero ver.
Aunque las nubes te tapen
salí si sabes querer".

Así, de pago en pago,
se le fue la vida voltaria,
—según decía él mismo con frase literaria—
"Por esos pagos de Córdoba y Santiago".
Murió en la ley del canto como una cuerda rota
y cuando lo enterraron en la aldea remota,
su cajón parecía, ya al olvido entregado,
una pobre arpa vieja que se había quebrado.

EL CANTOR

Era ese Serapio Suárez
mozo de buena opinión:
largucho y tirando a rubio,
guitarrero y chacotón.

Desde la esquina del ojo,
la pecosa picardía
le bajaba hasta la mosca
su barbijo de alegría.

Chaqueta gris, media bota
negros chambergo y bombacha;
si golilla azul le pongo
ya está completa su facha.

Pues todavía eran de uso
los colores partidarios
que legaron los abuelos
federales y unitarios.

Y hasta quedaba más de una
vieja lanza montonera
que en la moharra tenía
calada una calavera.

Yo no sé, porque tan sólo
aquello que vi refiero

si el Serapio descendía
de salvaje o mazorquero.

Mas no he de echar en olvido
ni dejar para después
sus espolines labrados
por Moreira el cordobés.

Y entre otras muy buenas prendas
la chalina de vicuña,
porque andaba, como dicen,
para barajarlo en la uña.

Cuando rompía a bailar
firmezas, triunfos o gatos,
en la sisa del chaleco
su daga asomaba a ratos.

Arma de hoja como luz,
puño firme y rica vaina
capaz de picar con bofes
de cristiano una chanfaina.

Pues cualquiera de esos hombres
era de salirle al cuco
y macho como el de espuelas
para aguantar el retruco.

Libre y sin renta ni oficio
y honrado a carta cabal,
llevaba él a un mismo temple
pecho, guitarra y puñal.

Aunque el buen genio le daba
muchos años, para mí
andaría en treinta y cinco
cuando yo lo conocí.

Del Fraile Muerto volvía
pintándola de galán.
En un bayo cabos negros
de la cría de Celmán.

Y digo que era pintura
pues bien se le conocía,
que orgulloso con su flete,
de tapado lo traía.

Es que decían las mentas
y que andaban dando soga
con un pangaré arribeño
de don Mercedes Quiroga.

Parejero alto de cruz
y calzado de una pata
para hacer bueno el adagio
que de estos asuntos trata:

"Calzao de una,
arriésgale tu fortuna.
Calzao de dos
resérvalo para vos.

Calzao de tres
ni lo vendas ni lo des.

Calzao de cuatro
véndelo caro o barato".

Así por pinta y noticias
según recordarlo puedo,
muchos le daban de tiro
las dos cuadras en un credo.

A mí me gustaba el otro.
Más que pareciera flaco
por lo alzado de verijas
a la facción del guanaco.

Mas nunca pude apreciarles
la condición ni la casta,
porque las carreras fueron
en el pago de Ambargasta.

Suárez iba para allá,
de callada, por supuesto.
Cuando se allegó a las casas
tan bien montado y compuesto.

Pie a tierra echó en la ramada,
ya estaba entrándose el sol;
le chispeaban las virolas
y ribetes de charol.

Y al desensillar se oía
que era chapeado efectivo,
como gotera la plata
desde el freno hasta el estribo.

Ahora han de querer ustedes,
pues de juro les extraña,
saber cómo se avenía
sin renta, oficio ni maña.

Pues les diré, aunque parezca
poca cosa para tanto
que todo eso lo agenciaba
con la guitarra y el canto.

Cierto es que también solía
sacar su buena ventaja
de la taba y las carreras
las riñas y la baraja.

Mas quien al juego se arriesga
sabe lo que dura un gozo,
y el hombre a veces quedaba
peladito hasta el carozo.

Entonces a las clavillas
echaba mano otra vez,
y se iba rodando tierras
a remediar su escasez.

Y de nuevo amadrinaba
la fortuna a su cencerro,
cantando por esos pagos
las coplas de Martín Fierro.

De memoria las sabía
recitar a pierna suelta.

Yo le oí una vez, señores
por junto la ida y la vuelta.

Bien haya el mozo ladino
que prendaba a las mujeres
y los gauchos ayudaban
con pilchas y menesteres.

Quién le pagaba las copas,
o una faja o un pañuelo.
Quién le daba de barato
el patacón de señuelo.

Que así llegó en ocasiones
a comenzar su desquite,
topando un tiro de taba
o aventurando un envite.

Algún estanciero aviado,
solía obsequiarlo mejor.
Los vecinos se acordaban
de unas riendas de valor.

Y hasta de unas boleadoras
que un fantástico hizo armar
a estilo riograndense
con tres mingos de billar.

Pero según ya les dije,
como era medio tahúr,
por ahí las dejó empeñadas
no sé en qué pueblo del Sur.

Sólo a la guitarra, nadie
la vio separada de él.
Decía que no se casaba
por temor de serle infiel.

Y cuando estaba bebido
lagrimeaba con ternura:
—Tocando el responso en ella
me he de ir a la sepultura.

Había dormido una noche
de neblina y frío crudo,
por librarla del sereno
a campo y medio desnudo.

Pues en el único poncho
cuidadoso la envolvió
y el pobre estuvo a la muerte
con el pasmo que lo alzó.

Colgaban de ella un manojo
como prendas de su gloria
las cintas que las muchachas
le dieron para memoria.

Y si les quedaba el rastro
de alguna lágrima vieja,
también andaba enredado
más de un beso en su madeja.

Para tenerla a la mano
siempre encontraba recurso

y hasta en los bailes de arrimo
la llevaba con discurso.

Que era de verlo al compás
de algún valsecito blando,
mecerse con la pareja
y al mismo tiempo punteando.

Nunca se hacía rogar
ni estaba de mala luna.
Pulsaba en los cinco temples
sin dificultad ninguna.

Y en la postura cruzada
que requiere el de tresillo,
de puro baquiano que era,
ni se sacaba el anillo.

Así es que acabando el mate
vino la usada pregunta:
"Como está de la garganta?",
le dijo uno haciendo punta.

Y mientras iba afinando
le pidieron para oír
aquella historia de Fierro
que acababa de salir.

Cortó un rasgueo de golpe,
y componiéndose el pecho,
preguntó cómo querían
si por falso o por derecho.

A su gusto lo dejaron
según era más prudente.
Y en respetuoso silencio
fue arrimándose la gente.

Era aquel patio limpito
como una cancha de taba,
tan grande que se podía
parar rodeo y sobraba.

Al contorno, las mujeres
beneficiaban la huerta
con ocho pailas de arrope
que hervían a boca abierta.

Y las hornallas ardiendo,
mostraban por el costado,
caladas como sandías
el corazón colorado.

Tras la siesta bochornosa,
un airecito de alivio
llegaba de la cañada
todavía un poco tibio.

Y los campos bendecía
la fragancia del poleo
y en el higueral cantaba
recogido el venteveo.

Y en la cifra bordoneada
con varonil entereza

nos iba contando Fierro
su alegría y su tristeza.

Y se encrespaba el sonoro
borbollón de la risada
en las barbas de los viejos
como espuma alborotada.

Y los mozos aprendían
de aquel varón campesino,
como ha de portarse el hombre
contra el rigor del Destino.

Ya era cerrada la noche,
una de esas noches bellas
en que blanquean tamañas
como nardos, las estrellas.

Y para el lado de abajo,
las cinco de mejor luz
pintaban las boleadoras
y el rastro del avestruz.